EUGÈNE MONTFORT

—

Chair

PARIS
ÉDITION DV MERCVRE DE FRANCE
XV, RVE DE L'ÉCHAVDÉ S-GERMAIN

—

M DCCC XCVIII

Chair

IL A ÉTÉ TIRE DE CET OUVRAGE
dix exemplaires
sur Japon impérial; numérotés de 1 à 10

DU MÊME AUTEUR

A LA MÊME LIBRAIRIE

SYLVIE OU LES ÉMOIS PASSIONNÉS **2 50**

A LA LIBRAIRIE DE LA LUTTE (Bruxelles)

EXPOSÉ DU NATURISME, discours prononcé au Palais des Académies, Congrès de Bruxelles, 20 février 1898 .... (Épuisé

SOUS PRESSE :

ESSAI SUR L'AMOUR

EN PRÉPARATION :

L'AMOUR, roman.
L'HOMME JUSTE, un acte, drame.

EUGÈNE MONTFORT

Chair

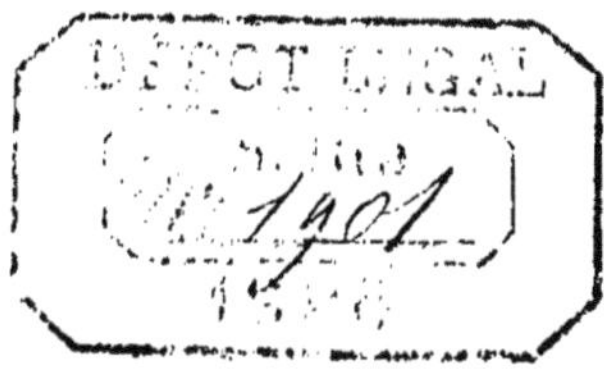

PARIS
ÉDITION DV MERCVRE DE FRANCE
XV, RVE DE L'ÉCHAVDÉ St-GERMAIN

M DCCC XCVIII

Chair

I

Passe une robe blanche, toute blanche dressée comme l'aile d'une barque.., Vision pour l'élan de mon cœur exalté... Où vas-tu ? D'où viens-tu ? Tu glisses sur l'or du sable comme mon rêve. Tu ondules, tu te penches, tu te balances, barque sur le flot. Mon cœur se balance. Ah ! qu'un coup de vent vienne, il l'emportera! Je ne veux pas! Je ne veux pas!.. O courir, ô la joindre !... Aile blanche ! Aile blanche !... Mais elle se tourne, et elle revient, mais elle revient, elle va passer... Oh ! Oh ! elle me regarde... O mon âme elle m'a regardé !... Qu'elle est belle !... Nos yeux se sont baisés... Qu'elle est belle ! Qu'elle est belle ! Ses cheveux sont lourds... Qu'elle est belle! je vois la lumière de son cou,je vois ses bras nus... Qu'elle est belle ! Sa chair est transparente comme le ciel...

Elle est passée, elle m'a regardé. Et voilà qu'elle fuit ! Où va-t-elle ? Est-ce qu'elle est folle ?... Elle sent bien que ce n'est pas fini... Je suis ébloui, je vais tomber... comment peut-elle marcher ?. Où va-t-elle ?... où va-t-elle ?... Je ne me suis pas trompé, mon Dieu, son image vivante est entrée en moi, et elle est toute brillante... Elle va vite ! elle va très vite ! elle court !... Peut-être est-elle surprise, — d'avoir tressailli ainsi, elle a peur, elle ne sait pas, elle est toute affolée, et elle court...

..Il faut que je l'approche.Je n'osepas. Elle a si peur. Il faudrait encore un baiser de nos yeux... Quand je lui aurai parlé, elle s'abandonnera... Elle reconnaîtra ma voix, ma voix est faite pour son oreille... Elle reprendra son calme, elle respirera doucement, je ne troublerai rien dans son atmosphère... Je l'approcherai,et elle me reconnaîtra... maintenant elle ne sait pas encore... Elle a détaché une musique dans ma pensée... Elle va, elle va toujours. Il y a des rochers là-bas, qui l'arrêteront. Alors j'irai près d'elle, je la regarderai, et je lui offrirai ma main pour passer les rochers...

Elle a pris ma main !... Je le savais bien... Ah ! mon cœur va éclater !... Les roches sont glissantes, je la tiens, je sens de sa chair dans ma main... Elle a pris ma main !... Ma main, fais-toi délicate, fais-toi douce, deviens comme une fourrure, enveloppe-la savoureusement,... comme si tu étais une bouche baisante, ma main, presse-la un peu mollement... Ah mon cœur va éclater!.... O ma voix, toi qu'elle entend, descends en elle comme un charme, ma voix, ondule et caresse-la... Mais elle parle ! ô c'est un ruisseau, ses mots sont des gouttes d'eau, qui tombent en courant, babilleuses, dans l'eau. Quelle musique ! source de fraîcheur, ô frisson de joie, je voudrais que ta voix parle dans mon cœur, et je boirais dans mon cœur ta voix, l'irisement, le prisme aux sept saveurs des gouttes d'eau de tes paroles....

Elle marche auprès de moi! Elle me parle !... Tout de suite elle a été apaisée, maintenant elle me regarde, elle est confiante, elle se tourne vers moi, elle est comme une fleur ouverte, son âme se sent libre avec la mienne... Je ne peux pas retirer mes yeux de ses yeux, il y a dans ses yeux plus d'espace, plus de profondeur pour mes yeux qu'au ciel... Mon Dieu elle me sourit !... C'est avec un sourire qu'elle me voit !... Ah ! la joie de mon cœur est comme l'aurore...

Marcher ainsi toujours près d'elle ! Je voudrais que cette plage ne finisse jamais ! Toute la vie, je voudrais aller ainsi avec ce bonheur. Jamais je ne serai plus heureux ! Je l'aime, et je sens qu'elle va m'aimer... Elle est attentive, elle me sourit... Je sens toute son âme, saisie, qui me regarde, et elle tremble de joie....

...Nous nous sommes arrêtés dans une baie de sable, elle s'est appuyée contre un rocher... Elle me regardait ! elle me regardait ! Je me suis penché. Elle parfumait comme une fleur au chaud midi s'exhalant... Ah ! de toute la largeur soulevée de ma poitrine, je l'ai respirée... Elle souriait... Victoire ! Victoire ! Tumulte !... mes lèvres ont bondi sur sa bouche, et l'ont prise !... Puis je me suis évanoui à respirer son souffle....

... Marthe ! Marthe ! tu t'appelles Marthe ! ô jamais je n'ai entendu rien de plus délicieux... Marthe !... Je n'entends plus rien... Marthe ! Marthe !...

... Je vois ton cou Marthe, il jaillit... ô fleurs ! ô sourires, ô couleur des aurores !... Ton cou jaillit... Courbe, ovale divin, transparences aux reflets bleus ! Toute ma vie, je veux la vivre à adorer ton cou.. Suavité! Suavité!.. Mon Dieu, pour des baisers sur ce cou, il faudrait une autre bouche, d'autres lèvres inimaginables... Ton cou jaillit ! Neige et nectar d'aurore ! ô faire fondre et boire le blanc de ce cou ! ô joie d'azur ! ô paradis ivre !...

O les seins sous l'étoffe respirante ! et les hanches mouvantes ! la chair silencieuse et pleine de vie ! O mettre ma main sur ta chair, Marthe, la toucher seulement, là, sous ton corsage... Je sens naître mille bouches qui aspirent, qui se tendent, qui demandent ton baiser...

Des parfums, des oiseaux, du ciel divin, et des baisers, elle me semblait mourante.. Je la baisais toujours, sur elle, blanche partout, écrasant le sang rouge de ma bouche...

II

Je n'ai pas pu dormir, toute ma tête résonnait des baisers, dans la nuit, ma bouche se tendait, je n'avais plus de souffle, un grand mal est entré en moi, je sens mon cœur gonflé dans ma poitrine, j'étouffe...

Est-ce l'amour, mon Dieu, est-ce l'amour ? Je suis languissant et je suis plein de force. Je suis près de m'évanouir, je suis las, je suis désolé, — et je suis si triomphant que je voudrais une trompe de cuivre pour lancer jusqu'au bout du monde les cris de mon âme éclatante !... Marthe ! Marthe !... Je voudrais la tenir serrée contre moi, et mes bras sont vides !... Marthe !... Mon corps brûle comme un charbon, il doit mordre et creuser les draps, quand je me lèverai, ce sera d'un trou noir de cendres !...

Marthe !... Elle était avec moi ; je la touchais, elle avait des yeux clairs, j'ai baisé sa bouche, c'est comme un fruit, elle a une peau parfumée qui doit couvrir une petite chair fondante de fruit, on y goûte un suc de délice...

Elle n'est plus là ! Elle n'est plus là ! O j'ai la fièvre ! ô j'ai du mal ! Mon Dieu, elle ne m'aimera peut-être plus... Et si nous allions mourir maintenant ?... ô mon Dieu, mon Dieu, faites qu'elle vive encore !... Hélas ! ah ! si elle mourait ! elle pourrait mourir... c'est si facile de mourir... Mais alors ! mon Dieu, qu'est-ce que je deviendrais, moi qui suis si heureux, moi qui crois que je vais avoir tant de bonheur ?...

... Quelle joie ! Je n'ai jamais eu tant de joie qu'hier ! Que je suis heureux !... Ah comment cela peut-il se faire ? Il faut que Dieu veuille mon bonheur... C'est le plus grand hasard, je l'ai rencontrée tout-à-coup... Arriver sur la plage à la minute où elle passait ! Depuis que mon père m'a créé, il faut que tout ce que j'ai fait ait été combiné avec toutes les minutes, pour qu'à cette minute là justement j'arrive sur la plage... Je l'ai vue, je lui ai donné la main, et nos lèvres se sont baisées !.., Elle m'aime ! Elle m'aime !... Comme c'est simple de s'aimer. nous nous sommes aimés tout de suite. On croit qu'on ne sera jamais aimé, on imagine que c'est une aventure extraordinaire, on la demande, on l'appelle comme une chose impossible... Et c'est si simple ! on va l'un vers l'autre, on se regarde, et tout de suite c'est l'amour...

Hier !... Hier, je descendais le chemin, je ne l'avais pas encore vue ! Je ne l'avais pas encore vue ! Est-ce possible ? Je ne savais rien, je ne m'attendais à rien. J'allais comme cela, sans savoir... Ah ! depuis cette heure là, on dirait que j'ai fait le tour du monde !... Je ne l'avais pas encore vue !... Je ne savais pas qu'elle existait, je ne savais pas qu'elle respirait... Je ne savais pas que j'allais vers elle, et elle ne savait pas qu'elle venait vers moi... J'allais !... et c'était pour la rencontrer, et c'était pour lui prendre la main, et c'était pour la baiser, et pour qu'elle me baisat sur le cœur...

Je descendais le chemin, ô tout était si beau !... Sans doute parce-que nous allions nous rencontrer, et les choses profondes, le sentaient, il n'y avait que nous qui ne le savions pas... Quand elle est passée, j'ai eu une émotion comme si toute mon âme se renversait. Il n'y a pas encore un jour ! Il n'y a pas encore un jour ! Je tremblais, j'avais vu tout de suite que pour moi elle était belle comme Dieu ! et je ne savais pas si jamais je lui parlerais, ni même si jamais il m'arriverait encore de pouvoir la regarder... Je tremblais, je ne savais pas... O comme tout cela est loin !... Je lui ai parlé, elle m'a parlé, je l'ai touchée avec mes lèvres, et elle m'a touché avec ses lèvres... Il n'y a pas encore un jour... Mon Dieu, elle a tout saisi en moi. Depuis que je l'ai vue, on dirait que sont nés en moi un millier de ces miroirs si blancs qui étourdissent à regarder, et qu'ils ont pris, et qu'ils ont mis dans mon cœur toute la lumière qui flotte sur le monde..

Marthe ! Marthe ! Marthe ! je ne peux plus attendre, je veux te voir, je veux te voir !... Tu es entrée dans ma tête et tu l'as prise, tu es entrée dans ma tête, tout s'est évanoui, je ne sais plus rien, je ne vois plus rien, tout ce que je pensais s'est fané. Marthe ! je ne peux pas vivre. Chaque instant sans toi, quelque chose gonfle mon cœur, il y a quelque chose dans mon cœur qui veut s'échapper, qui veut s'envoler comme un oiseau qu'on tient dans sa main les ailes fermées, il y a comme une fleur qui veut s'épanouir, pleine de vie, pleine de sève, et dont le calice est attaché ! Marthe ! mon cœur, mon cœur te veut, il veut s'ouvrir, il veut s'épanouir, il veut se répandre en toi... Et tu n'es pas là !... Il se gonfle, il va éclater... Une nuit encore avant de te voir !... ô toutes mes veines battent, mon sang bouillonne, je tremble... Je vais mourir.. J'ai la fièvre, ma poitrine étouffe... je cherche de l'air, je ne puis pas respirer. Mon Dieu, ferme mes yeux, retire d'elle ma pensée, donne moi du sommeil, protège moi, ou je vais mourir avant la fin de la nuit...

III

A l'aube je me suis levé, j'ai couru sur la route vers le ciel rouge. J'étais fou. Mon cœur était tordu dans ma poitrine. Pour rafraîchir tout mon être enflammé, je me suis baigné dans une prairie, j'ai trempé mon front dans la rosée, et je sentais toutes les petites feuilles et toutes les petites herbes humides sur mon front, et j'ai enfoncé mes mains dans des touffes de fleurs et dans des buissons.

O mal de mon âme, qu'est-ce qui pourra te soulager ? je souffre, je suis mordu indiscontinûment par une soif ardente. La voir ! la voir !... Hélas comment perdre ma souffrance? Hélas que faire? Hélas! où aller?... Mon Dieu, rien ne me distrait plus, ni les oiseaux chantants, ni le parfum des fleurs, il n'y a qu'elle qui soit un oiseau chantant, il n'y a qu'elle qui soit une fleur qui parfume... Avant qu'elle ne vienne, mon Dieu, je vais mourir mille fois...

Je ne peux pas être ainsi, étendu, immobile comme s'il n'y avait rien en moi que de la fraicheur et de la paix. Je ne peux pas être ainsi les yeux au ciel, je ne peux pas me reposer, je ne peux pas être comme une chose qui coule doucement, naturellement, en chantant, au milieu de toutes les autres choses, j'ai une fièvre qui me dévore, je voudrais m'agiter pour oublier mon mal. Hélas! il n'y a qu'un regard d'elle qui me guérira, quand je serai avec elle et que je sentirai là, tout près, sa petite âme, son petit souffle, je serai apaisé, et je serai tranquille. Ce sera comme un champ de violettes qui lèvera dans mon cœur...

Où es-tu Marthe? où es-tu?... Voici le chemin qui descend à la mer. Nous nous y sommes baisés tous les deux. Il nous a vu. O comme les fleurs sont blanches! Je me sens défaillir, j'ai envie de gémir...

... Là, par l'éclaircie des arbres, mais c'est elle sur le sable assise!... C'est elle! C'est elle!.., Mon Dieu toute la lumiere du ciel s'éteint. On dirait qu'elle a pris toute la lumière. Je vais mourir, mes veines s'ouvrent, et je suis faible comme si mon sang se répandait... Marthe! Marthe! Ah comment ne sent-elle pas que je suis derrière elle... Bien-Aimée, tourne-toi, regarde-moi... J'approche, je suis dans l'air et le ciel qui la trempent... Bonjour Marthe! Bonjour Marthe! Bonjour! Bonjour! O son regard, ses lèvres, son front, son cou, toute sa chair penchée vers moi! J'ai dans la tête tant de flammes, tant de bruit, tant d'amour, que je ne puis que tomber à tes pieds, épuisé, et te regarder, avec toute la tendresse, avec tout l'amour infini, avec toutes les caresses de mes yeux. Te regarder! sentir mes yeux se noyer dans tes yeux qui baisent mes yeux!... Marthe je ne puis rien dire.. j'ai souffert! je t'avais vue, et je ne te voyais plus!... Et maintenant je te revois! je te sens, là, je te sens toute aimante, et toute à moi...

Donne moi ta main, Marthe, mets ta main dans le feu de ma main, j'aime la chair de ta paume et la chair un peu molle de tes doigts, et la chair de ton poignet pâle... Nos mains se tiennent, nos mains heureuses... Quand tu serres ma main, Bien-aimée, je sens tout l'amour qui fleurit dans ton cœur, et mon cœur s'épanouit. De ton cœur à ta main brûlant le courant va, glisse, il passe dans ma main, il me pénètre, il coule en nous, ah ! c'est comme si nous avions une seule vie, on dirait que ma chair est ta chair...

Restons là sans bouger, Marthe; nous pourrions attendre l'éternité, nous n'épuiserions pas la source du délice. Tu m'aimes, et je t'aime, nul n'aura jamais une joie aussi profonde... Je suis étendu à regarder la lumière dans tes yeux, et je vois que toute ton âme est ravie, qu'elle sourit et qu'elle se donne. Quelque chose circule en nous, coule de toi à moi, à travers nos mains, à travers nos yeux. Et cela seulement nous remplit de bonheur. Pour nous, c'est plus que toute la vie de l'univers, nous pourrions rester là toujours, et nous serions toujours heureux... Rien n'existe plus, finesse, douceur du sable, lumière pure, couleur charmante du ciel et de la mer, rien n'existe plus.. Marthe, je suis couché à tes pieds, et je ne sais plus que cela au monde. Je t'aime ! je t'aime ! tu me donnes tes yeux, je vois que tu m'aimes, et tu es heureuse, et je suis heureux...

O Marthe ! Marthe ! mon amour ! ma

rose ! mon délice ! ma musique ! j'ai souffert comme un malheureux, parce que tu n'étais pas là, et maintenant je suis heureux comme un bienheureux parce que tu es là...

IV

Ce soir! Ce soir! Quand tu t'es abandonnée, mourante, à mon bras, quand le regard de mon âme presqu'évanouie s'est mêlé au tien, quand je t'ai sentie, toute tremblante, et si éperdue, et si pressante qu'il semblait que tu voulais entrer dans mon cœur, tes lèvres, je les ai entendu murmurer, tout bas presque, et dans un souffle : « Ce soir...

Ce soir! Ce soir! Mon Dieu, tu me regardais comme si tu voyais en moi des paradis, tu frémissais, tu étais douce, tu étais tendre, et presque désolée, peut-être, comme le crépuscule... Quand nous

nous sommes étendus sur la mousse, et quand je t'ai enlacée, nos bouches, en s'approchant, étaient comme expirantes, et nos cœurs battaient si fort, et nos bras étaient si faibles que nous crumes nous évanouir... Marthe ! nous étions sur la mousse, et ta bouche sur ma bouche, et nos yeux sur nos yeux, et notre âme était bondissante ! Marthe, nous étions serrés, nous étions suffoquants, j'ai cru que nous allions mourir d'amour... Comme une fleur qui jaillit, comme un sanglot, ta voix monta :

« Ce soir...

Ce soir ! Mon Dieu, j'attends ce soir comme s'il allait apparaître des choses inouies... Ce soir !... Sans doute, je vais vivre toute ma vie... Ce soir ! ce soir ! ... On dirait qu'après, je n'aurai plus qu'à mourir...

V

Le bruit du monde s'est écoulé, toute la lumière est ensevelie. Il fait nuit. Je ne respire plus. La soif qui m'altère est immense...

Des soupirs qui s'appuient, Marthe, la mer est lourde. Les soupirs montent au ciel, et soutiennent les astres. Les soupirs remplissent la terre. Les soupirs sont ce qui deviendra ensuite les plaintes et les gémissements d'amour. Je souffre, Marthe, un soupir sans fin qui gonfle ma poitrine, la laisse anxieuse et vide...

Penches toi sur moi, prends ma bouche; penches toi sur moi, prends mes yeux. Ecoute, je suis plein de toi; tu es dans mon sang, prends mon sang; écoute, tu es toute en moi, prends toi; tu m'as chassé de moi, tu t'es mise en moi, ce n'est plus en moi que je vis, c'est en toi. Prends moi. Prends moi dans ton ventre, dans ta tête et dans ton cœur. Je ne suis plus moi, je suis toi. Je suis toi, ne me laisse pas loin de toi, je suis quelque chose de toi séparé de toi. Marthe! ah! ne le sens-tu pas? Marthe,ne souffres-tu pas, parceque je ne suis en toi? Tout ce que j'ai en moi pourtant, est parti de toi. J'ai de ton souffle et de ta vie, tu dois être plus faible en souffle et en vie. J'ai tes veines, et j'ai de ton sang, ah! tu dois avoir moins de sang!

Colle tes lèvres à mes lèvres, Marthe, colle ta chair à ma chair, colle tes bras, colle tes mains, appelle en moi tout ce qui est à toi. Il y a en moi des échos pour chaque partie de toi, tes yeux ont un écho, tes seins ont un écho, ta bouche a un écho, et si tel lieu divin de toi s'appelle en moi, son écho lui répondra.

Tu parles et tu vis en moi, Marthe. Tu es en moi, toute en moi. Ton premier regard, dans mon être profond, lança un germe que ta voix fit croître, et qu'arrosèrent tes gestes, la vue de ta chevelure et de ton cou, et ton sourire. Il a poussé dans mon cœur, il a jeté ses rameaux tout autour, il s'est étendu, et maintenant je suis envahi. Et c'est toi, Marthe, ainsi qui es en moi. Tu es en moi, partout en moi... Chaque geste, chaque sourire, chaque regard de toi, chaque parole s'est reflété en moi comme dans un miroir qui respire et qui sent. Mais ce miroir-là ne tire pas à lui que l'aspect, il prend aussi la vie que recouvre l'aspect. Et quand un sourire de toi entre en moi, ce n'est pas le dessin seulement de la couleur de tes lèvres qui se peint sur l'eau fragile de mon âme, quand un sourire de toi entre en moi, Marthe, la chair même de tes lèvres, leur lourdeur, leur épaisseur, se creuse dans ma chair et s'y loge, de sorte que j'ai en moi, réellement tes lèvres qui sourirent, leur peau, leur matière et leur sang. — Et maintenant il y a dans mon cœur une Marthe qui te regarde, qui souffre et qui attend. Ah! viens! Vois-la, reconnais-la, couvre toi de ta forme, habille toi de ton image. Viens! Nous ne souffrirons plus. Viens! A toi, rends toi, reprends toi, à moi, rends moi. Viens, nous allons être heureux comme Dieu.

Serre moi, Marthe, attache moi de tes bras, enfonce toi dans ma poitrine... Dans mes yeux regarde, vois-tu tes yeux sous les miens; reprends tes yeux. Si tu voyais sous mes joues, tu verrais tes joues, si tu voyais sous mon front, tu verrais ton front, si tu voyais sous mon cou, tu verrais ton cou. Tu es en moi, partout, reprends-toi, reprends-toi.

Bien-aimée, mes yeux te voient comme ils n'ont jamais vu, mes mains te touchent comme si elles se touchaient, bien-aimée, j'ai une soif immense. Bien-aimée, remplis ma bouche de ta saveur, bien-aimée, fais trembler mes narines de ton parfum... Nos bouches se baisent comme pour se boire. Nous souffrons de l'amour, bien-aimée, nous souffrons de nous sentir hors de nous-mêmes. Le baiser baise comme pour pomper la vie. Mon baiser baise, mon baiser aspire, mon baiser veut reconquérir tout ce qui de moi est en toi ; nous souffrons car il nous manque trop de nous ; nous nous baisons, c'est pour reprendre en nous ce que nous nous sommes pris. Mon baiser aspire le suc de ta bouche : Je veux tirer du fond de toi, faire remonter en toi, et reboire à ta bouche, ce que tu bus de moi...

Nos bouches se baisent à s'épuiser, Marthe. O laisse ta chair enchantée sur la mienne, des bouches partout se baisent tout le long de nous... Marthe ! Marthe ! une joie immense monte en moi... Ah ! je sens s'ouvrir les portes de nous-mêmes. Nous sommes des eaux qui se mêlent... ô joie ! ce qui est en moi coule en toi, ce qui est en toi, coule en moi... ô délice, tu n'es plus trop en moi, je ne suis plus trop en toi ; tu es en moi comme je suis en toi, je suis en toi comme je suis en moi... Bonheur ! nous coulons l'un dans l'autre... Nous sommes des eaux mêlées ! nous sommes des eaux mêlées !...

Bien-aimée ! Bien-aimée ! Quelle joie ! Quelle lumière ! C'est le sang de Dieu qui glisse en nous. Tout s'éclaire, des lacs éblouissent, les échos parlent, tout résonne, je suis rempli de vibrations, mon âme est comme le tremblement d'une cloche, j'entends, j'entends en moi, immense, le bruissement de feuilles d'airain, sans nombre qui frémissent au vent...

VI

Tu m'as repris tout de suite. Je croyais être sorti de toi, mais tu n'as fait qu'un pas, et j'ai senti que j'étais encore en toi, tu n'as fait qu'un pas, et j'ai senti que mon âme s'en allait encore avec toi... tu es près de moi : je suis plein de vie, de force et de sang ; tu t'éloignes un peu : mes veines s'ouvrent ; tu t'éloignes plus : mon sang s'écoule ; je ne te vois plus : tout mon sang s'est écoulé, il n'y a plus là qu'une chair répandue, étalée, pâle, informe ; elle ne voit plus, elle n'entend plus, elle respire à peine...

...Tu n'es pas là, Marthe ; je ne sais pas où je suis. Tu es partie avec ma vie. Entre toi et moi je sens un fil qui se tend quand tu t'éloignes ; il se tend, et c'est cela qui me fait mal. O Marthe ! si tu t'éloignais jusqu'à le rompre, le sang jaillirait, mon cœur se briserait en morceaux sanglants...

Je ne sais pas où tu es. Tu es loin, et je ne vis pas...

...Où es-tu, Marthe? Qu'est-ce que tu fais ? A quoi penses-tu ? Mon cœur est dans ton cœur, et mon cœur souffre si ton cœur ne bat pas pour lui. Es-tu assise ? Es-tu debout ? Quel geste fais-tu ? Je voudrais te voir ? As-tu la tête baissée ? Ton cou est-il à découvert ? Est-ce que la lumière éclaire tes cheveux ?... O je voudrais te voir !...

Tu es loin, et je ne vis plus.

Je suis assis derrière une fenêtre, à travers les rideaux je regarde les arbres ; je me promène dans mon jardin, je regarde le ciel ; je vais dans les champs, je regarde la terre. Mais je ne vois pas les arbres, mais je ne vois pas le ciel, mais je ne vois pas la terre. Il y a une grande ombre silencieuse en moi, et il n'y a qu'elle que je vois. Elle est comme une nuée dans le fond de moi, et elle s'élève sans cesse dans ma tête. Je ne regarde qu'elle tout le jour. Tout le jour je n'écoute qu'elle. Cependant elle ne parle pas, et elle reste immobile...

Je ne peux pas vivre ainsi loin de moi. Je veux que tu viennes. Je suis parti de moi. Dans un jour, tu viendras, je me reprendrai, et tu ne me prendras plus en toi... Je suis enfermé dans ta chair, je ferai fondre ta chair avec ma bouche, pour me délivrer. Je t'enlacerai, je te prendrai, je boirai ta bouche, je boirai tes seins, je voudrais te boire toute entière...

Bien-aimée ! bien-aimée est-ce que je ne pourrai jamais me délivrer de toi. Tu n'es pas là, et es là. Tu es toujours dans ma tête, je ne vois rien, je ne vois que ton image. Viens, viens, sois là et ne bouge pas, je serai heureux...

Mais non, je ne serai pas encore heureux.

De chacune de tes saveurs je mouillerai l'eau de ma bouche, bien-aimée, je m'arrêterai à tous les points de ta chair, bien-aimée, je prendrai tes yeux, je prendrai tes lèvres, je prendrai tes bras, je prendrai tes seins, je les prendrai avec ma bouche, et je les ferai passer en moi... Bien-aimée, bien-aimée, mon désir ne sera pas encore épuisé...

VII

L'âme, à la fenêtre ouverte sur le ciel, voudrait se rafraichir d'azur... Rose attendri de l'aube viens éteindre le feu trop ardent de mes yeux, air qui glissa sur le miroir des feuilles, air qui baisa le col des rossignols, rosée évaporée, air des prairies, air des vallées, ô fraîcheur, comme une cascade jette toi dans ma chambre, coule, viens tomber sur mon âme qui brûle comme une lave.

Non! non bondis plutôt, mon cœur! brise ma poitrine de tes chocs! mon âma flambe et dévore moi! car dans me chambre j'attends ma bien-aimée. O espoir ! enivrement comme de boire toute la lumière des étoiles, ma bien-aimée va venir dans ma chambre, ma bien-aimée va vivre entre ces murailles blanches !.. Est-ce que c'est vrai ? est-ce que c'est vrai ? ô je ne peux pas y croire... Je t'attends bien-aimée !... l'impatience ronge mon cœur comme une rouille...

. . . .

J'ai entendu un pas dans l'escalier. C'est elle ! c'est elle ! ma bien-aimée... Souffle de ma vie, ô ne me quitte pas, ô mon Dieu, ne me fais pas mourir maintenant !... Je l'ai prise dans mes bras et je l'ai portée... Marthe ! Marthe, je voudrais te couvrir de baisers, je voudrais m'écrier, je voudrais te dire... regarde, regarde mes yeux, il n'y a qu'eux qui pourront parler... Je t'aime !... Je suis tombé à ses pieds, puis je me suis relevé, je l'ai baisée fiévreusement, j'avais le délire, j'avais une grande force frémissante... Marthe ! elle tendait sa bouche vers mes lèvres, les ailes de son nez battaient, je la sentais frissonnante, elle mettait son corps devant moi comme quelque chose à remplir de joie...

Je posai mes lèvres à ses lèvres pour y boire une fraîcheur qui se coule à mon âme en flammes, mes doigts prirent

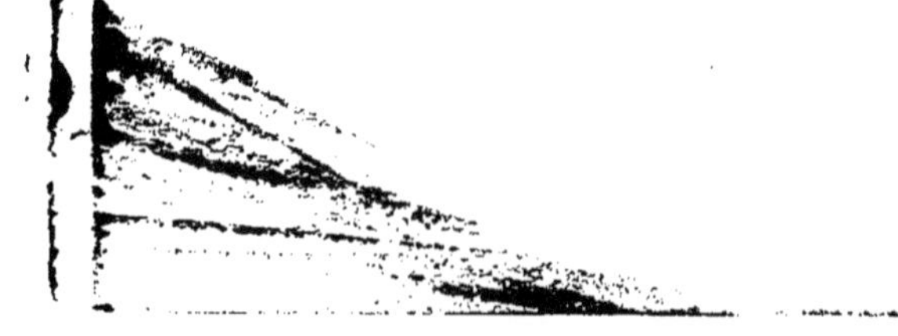

sa ceinture claire, et sa robe s'ouvrait d'elle-même pour s'enfuir. Lorsqu'elle tomba — ô fol émerveillement! — le rose de sa gorge jaillit, et il se répandit des parfums divins comme si l'aube était venue où le soleil fait s'ouvrir les fleurs... Avec mes lèvres souples, bien-aimée, j'ai baisé ta petite chair, j'ai rempli le creux de ton cou, et j'ai connu l'endroit des anges où le sein commence à naître... Du corps ignoré les linges doux se sont dépris, et les trésors délicieux, les lieux de charme ont apparu... Chair adorable! boire, ô mes cent mille baisers! ton cou! épuiser seulement ton cou!... Et comment calmer mon ardeur pour tes seins... Tièdes pâleurs, mourantes et fuyantes clartés assises sur son ventre, ô roses affolantes de ses seins, comment étancher la soif de ma bouche?... Je voudrais que toute ta chair, Marthe, soit sur ma chair, et je baiserais seulement ta bouche, en sentant partout nos chairs se baiser. Marthe! Marthe! nos bras se sont ouverts, et ils se sont refermés, et nous sommes noués l'un à l'autre... Des petites sources d'élixir de joie de vie jaillissent et coulent entre nos chairs... Marthe! Marthe! une pluie intérieure, éblouissante, épanouissante, nous inonde...

VIII

Ma bien-aimée, ma désirée, mon cœur, ma joie, ma lumière, ô Marthe ! Marthe ! Marthe ! je te veux encore, toi toujours ! Toi toute entière ma bien aimée. Tes lèvres, tes seins, ton ventre, toutes les courbes de ton corps, ô Marthe être toujours enlacé à toi ! être toujours contre toi !...

Dans le cerveau, j'ai ton odeur, et j'ai le goût de ta bouche dans ma bouche, j'ai la musique de ta forme dans mes yeux, et mes doigts vibrent intérieurement du souvenir de ton toucher... Tout mon corps baigne comme dans une vapeur sensible, la sensation de toi l'entoure et le couvre comme un vêtement. O reviens, Marthe ! Tu n'es pas là, et je suis envahi par toi. O Marthe ! je suis plein de toi, je suis lourd de toi, lorsque je bouge, je fais se lever ton odeur. Reviens, au lieu de me noyer dans le souvenir, Marthe, reviens dans la réalité. Entre : les fumées vont se dissiper, tout reprendra la précision vivante; te retrouvant, ton odeur s'élancera, et se mettra sur toi, et je la respirerai, mes lèvres iront vers les tiennes, et lorsqu'elles seront collées je te rendrai le goût de ta bouche et tu me rendras celui de la mienne; et toute ma chair sera bondissante de s'éprouver au touchement de la tienne...

Quand tu approches de la maison, ô Marthe ! je le sais dans mon cœur. Un grand changement se fait dans l'atmosphère, des lourdeurs se lèvent.

Quand tu approches de la maison, ô Marthe ! il y a quelque chose de tremblant qui dans l'air se propage, il y a des ondulations adorables, il y a des sons que je perçois dans le silence : d'onde en onde, ô Marthe, court un mouvement qui vient me toucher, et qui me pénètre, et dont je défaille...

Quand tu approches de la maison, ô Marthe ! chaque pas de toi en avant l'air l'éprouve, et ainsi vient jusqu'à moi, et je sais. Alors, je commence à être joyeux.

Quand tu approches de la maison ô Marthe ! de l'air qui t'entoure s'échappe, à d'autre te laissant qui va glisser sur toi, se couler et te baiser comme une fleur, de l'air qui t'entoure s'échappe et vient jusqu'ici. Tout doucement il entre dans la chambre, se répand. Il s'étend partout, pour être celui qui sera là tout à l'heure, quand tu entreras. Il tourne et on dirait qu'il est rose, et il se pose sur moi, et je crois que c'est un souffle de toi. L'air est dans la chambre, l'air est dans la chambre ! C'est une joie légère, c'est un rêve, c'est mon cœur clair de plus en plus. Il me pénètre, il est en moi. Ah je sens quelque chose de divin m'envahir, je sens quelque chose m'emplir qui était parti de moi avec toi, je sens la vie qui rentre en moi, je vois la lumière qui revient, j'ouvre les yeux, j'écoute et je tremble, je vois, j'entends, je sens, ô délices, c'est elle ! elle est près de la maison, elle approche, elle monte l'escalier, elle va entrer...

Lorsque tu es au seuil, Marthe ô mon illuminante, je défaille à cause de l'immense joie si prochaine. O tout mon cœur gonflé qui s'épand dans ma poitrine, et qui monte en flots dans ma gorge et qui m'étouffe, ô tout mon cœur gonflé s'épanchant par ma bouche dans ton baiser! Ma délicieuse, de ta bouche la pulpe se fondant donne à l'eau de ma bouche un goût de rose. Des ruisseaux de délice coulent en moi, ô Marthe mon cœur est débordant d'amour!

Tu es debout devant moi, et ta robe frissonne; alors je te désire profondément. A chacun de tes gestes, ma poitrine s'ouvre pour aspirer l'air que tu as remué. O Marthe je sais que dans ta chair, à chacun de tes gestes se creusent des lignes, des sentiers, des vallées, des sourires, j'en suis ivre; sur ta chair unie, ferme et bombée comme une pelouse, ô saisir plus qu'avec mes lèvres le jeu des dessins fuyants! Le mouvement silencieux de ton bras qui se lève, si souplement, si souplement, cette blancheur qui se déplace sans qu'on entende, ta chair bougeante, ô muette et douce.

Ta robe frissonne. Du sein rond où

elle se colle, je la vois tombante tout autour de toi; ses plis jouent, ah! me baigner dans ses plis. En elle vit le souffle de ta vie, ô robe! je voudrais qu'elle m'enferme, qu'elle m'enveloppe de son tissu, qu'elle me cache sous elle, et que tout ce qui se passe sous elle ne soit que pour moi, je serais attentif et tremblant sur ta chair, je serais comme en prières, je surprendrais l'air subtil de ta vie, tes frémissements, tes soupirs, le frisselis de ta peau le plus menu, prodigieuse expression de toute ta vie divine, mystérieuse et profonde.

LIVRE SECOND

IX

Que tu sois là ainsi immobile, Marthe, que tu sois là dans la chambre, cela me donne autre chose qu'une très grande joie... Tu n'es pas tout près de moi, tu es à la fenêtre, et je suis à la porte... mais seulement de te sentir là, de sentir là dans cet espace arrêté, respirante et active, toute ta vie, je suis tremblant, je suis affolé, je suis porté à un désir inouï... Ah ! Marthe ! te voir seulement, là, debout et immobile !... en moi, c'est comme la lumière qui roule des plaines au soleil, je suis resplendissant, les parois de mon corps contiennent avec peine un rayonnement de flots qui étincellent, j'étouffe, je suis ivre...

... Dans l'espace qu'arrêtent ces murs, Marthe, s'élèvent comme des flammes, se penchent, s'attirent, souples, lisses et flexibles, nos deux vies... Nos deux vies ! Nos deux êtres... Il y a dans cette chambre comme deux parfums que se lanceraient deux fleurs, et sur les choses soudain l'on saisit des éclairs, c'est que passantes les touchent nos deux âmes...

... Approches-toi, Marthe, approches-toi, viens plus près de moi... O ma chair! ô mon sourire!... Bien-Aimée je sens l'amour plus fluide que de nos corps... ma vie voudrait aller vers la tienne... O! comme des souffles s'étaler, s'enrouler, se pénétrer... Et maintenant Marthe... maintenant, pendant cette seconde, maintenant que tu marches et viens vers moi... je sens ma vie encore plus attentive et plus tourmentée de fuite, pendant cette seconde où toute ta vie est ainsi, veillante, venant vers toute la mienne, je crois qu'il naît en moi des nappes de clartés... ah! c'est peut-être ma vie, plus ardente, plus forte, et pure, qui donne à mon cœur cette aube blanche, ou peut-être elle même se pare-t-elle de toute sa splendeur de lumière, pour te recevoir toute toi-même qui t'approche...

Tu t'approches... tu t'approches... Approches-toi .. mais approches-toi... approches-toi encore...

... Malheur! malheur à nous Marthe! On ne peut plus approcher?... Quoi? Quoi donc? O malheur! tu t'es pressée contre moi, et mon corps t'a arrêtée... Ah! quel rêve ai-je donc fait? Qu'est-ce que j'ai dit?... Mon âme était toute prête pour s'unir à la tienne, j'attendais, il y avait en moi une clarté... Et tout à coup tout s'éteint... Marthe! Marthe! tu ne t'approches plus! Marthe! on ne peut plus s'approcher!...

X

XI

Aujourd'hui je suis sorti. Je me suis promené dans les allées, sous les feuilles et à l'ombre. Sur une route où les rameaux des arbres les uns aux autres se joignent, s'enlacent, empêchent de voir le ciel, et font obscur le sol, j'ai marché doucement et longtemps; un souffle frais passait sur mon visage, sur mon cou, sur mes mains, avec la douceur et l'insistance d'une eau courante... Des deux côtés de la route sombre et reposante, à travers les rameaux des arbres qui pendaient en rideaux, j'entrevoyais des champs éclatants de lumière et l'ombre lourde des gens courbés qui travaillaient.

Dans le demi jour de ma route je me suis appuyé sur le tronc d'un arbre, — ouvert comme une âme désolée d'amour, j'ai senti toute la douleur humaine m'envahir... mon âme ! ô trou noir et sans fond, je t'ai vue ! blessée, douloureuse, et gémissante pour toute la vie, ô puits sans lumière à jamais ! mal de mon âme, eau qui paraît dormante, et qui veille toujours, et qui souffre, et qui pleure... Des violons ont tremblé dans mon cœur, sur des frémissement de douleur inconnue leur chant vibrant long s'est traîné, un écho d'abord lent comme une forme blanche soulevé, puis un écho comme de cris éclatans, puis des gémissements et des vagues de plaintes sont descendus de tous les murs de mon cœur, et l'ont troublé, et l'ont fait frissonner, et l'ont rempli comme l'air sonore d'une voûte !... Ah ! pauvres têtes courbées sur le sol, pauvres yeux qui regardez la terre, hélas j'ai su combien vous étiez loin de votre vie ! je vous ai vues, petites âmes placides, séparées de votre désir autant que des étoiles !... O désolation, désespoir ! larmes de fièvre dans une solitude de cellule ! regards tristes, gestes las, je n'ai plus songé qu'à vous pour exprimer mon âme ! Hélas ! tout le ciel ne me remplirait pas !

... La lumière tombe sur mo front,

l'éclaire, puis s'éteint et renait, alternativement et toujours, à cause de l'ombre des feuilles changeantes, ô mon front blanc, mon pauvre front, et vous mes yeux qui avez soif de voir ce qu'on ne voit pas !... Une tristesse infinie est montée en comme une marée, et je ne sais quels sanglots se brisent dans ma gorge comme des vagues qui viennent de trop loin Hélàs ! Hélas ! on dirait qu'un espoir suprême, immense, dans lequel se baignait toute l'existence secrète, inapparente de mon âme, s'est enfui soudain et m'a laissé vide...

Mon Dieu je suis triste comme un désert ! je ne puis pas regarder, toute mon âme est endolorie. Je ne vois plus de possible que les larmes. Que je suis loin de toutes choses ! je suis seul ! je suis seul ! C'est un fleuve qui a crevé en moi Tout ce qui était en moi s'est écroulé, maintenant il n'y a plus que des ruines désolées et des plaines mornes. Mon Dieu ! mon Dieu ! je suis comme un désert.

Hélas autrefois, il y avait pourtant de belles prairies en moi et des ruisseaux et du soleil, et j'avais des joies fraîches... Tout est emporté. Je ne pourrai plus être heureux... Ah pourquoi mon âme s'est-elle éclairée ? Où désormais le monde la satisfera-t-il ? Où trouvera-t-elle à donner un baiser ?...

Voilà que le soir tombe. Il fait très doux maintenant, la fièvre brûlante est partie des choses, elles sont un peu apaisées, elles sont silencieuses, mais une langueur demeure et fait souffrir, on dirait qu'un grand sanglot va s'effondrer, dégonflant tout, crevant soudain dans le silence. J'ai le cœur serré. Les oiseaux qui criaient se sont tus. Les grands arbres noirs sont tout à fait tranquilles. O la paix attentive de ce silence !...

Le ciel est pâle, le ciel est blanc, il est clair et diaphane comme un cristal, il est lumineux très doucement, on devrait voir à travers. Qu'il est oppressant de regarder le ciel, voilà l'âme en allée, le ciel est si blanc, le ciel est si clair, ô comment cela se fait-il qu'on ne voit pas Dieu ?...

Le soir tombe et toutes voix sont éteintes. Mais le silence qui descend sur le monde, n'entre pas dans mon âme. Plus rien ne souffle, plus une branche lentement ne s'incline, plus une herbe, plus une feuille, et l'eau que rien ne ride est immobile maintenant et lisse comme un miroir. Feuilles, petites feuilles au-dessus de ma tête, êtes-vous donc figées pour l'éternité? — je n'entends pas ma voix... Rien ne bouge... Nous sommes peut-être au fond d'un lac...

Quel silence ! Il fait nuit. Quel silence. Je voudrais entendre le bruit d'un jet d'eau, des gouttes d'eau, des gouttes d'eau...

Ah quel silence ! Une voix qui jaillirait maintenant prendrait au silence un son d'or vivant, ce serait une harmonie belle et délicieuse comme de sentir son sang doucement couler des veines ouvertes, et se sentir peu à peu, peu à peu ne plus vivre... Une voix qui jaillirait maintenant se frapperait à des murs d'airain de silence, bondirait et se propagerait, vibrante, éperdûment sonore en des échos profonds... Ce silence est comme une eau tranquille, le rayon mince qui la perce se lance, et d'onde en onde frémit, et s'éparpille en couronne aux milles lames tremblantes, flamboyantes d'acier, le mince rayon, la petite lueur qui perce l'onde, s'élance, — se propage, — et s'étalant blondit éblouissamment le sable au fond des eaux...

Silence! Ah quelle voix va jaillir? Quelle parole adorable s'épanouir? Où es-tu bouche qui va parler? Mon âme veut se nourrir de ton souffle... Amante!.. Mon amante!... Dieu, quelle nuit pour sa venue! Mon âme est pleine, si le soupir immense dont elle souffre s'exhalait, je crois qu'il déchirerait le ciel!... O mon Dieu, les roses sont mourantes, je ne peux plus respirer, mon Dieu, mon Dieu, est-ce qu'il n'y a pas de lèvres pour me baiser sur le cœur?..

La lune! Voilà la lune! elle tombe sur les feuilles; ah les arbres se noient! Et voilà les pelouses inondées. Comme elle est blanche. Comme elle est blanche, comme elle est pure, comme elle est fluide, comme elle glisse! O mon Dieu la voilà qui me baigne, elle fond mes mains, elle mouille mon cou!... Amante... Amante... Ah! que je souffre!...

Je sens mon âme qui voudrait s'échapper en toi...

... Il faudrait qu'elle soit là, penchée sous l'éclat de la lune, et attentive à moi pour recevoir mon âme prête à s'échapper... Amante... Elle tressaillirait... O me sentir baigné en elle comme dans les rayons de la lune ! Sentir nos âmes s'échanger en courants, lumineuses comme ces lueurs divines... Amante !... Elle se pencherait sur moi, elle me recevrait !... Amante !... Amante !

XII

Que faire? Où aller? Que faire dans la vie? Où aller dans la vie?... Je suis perdu tout seul dans la nuit. Je suis une île au milieu des eaux. Je suis une étoile au milieu du ciel. Je suis seul! Je suis seul! Je suis une pauvre âme qui pleure, et je ne sais plus rien: qu'est-ce que l'amour? qu'est-ce que la vie? qu'est-ce que la joie? qu'est-ce que la douleur? ô dites moi, dites-moi surtout: qu'est-ce qu'on appelle le bonheur?...

Soleil!... Il y a du soleil jusqu'au

bout du monde... Toute la plaine est dans la lumière. Petite feuille, petite feuille, balance le soleil... Suis-je là, ou ne suis-je pas là ? Voilà des branches, voilà de l'herbe, je sens qu'elles ne me voient pas. Je suis dans la plaine ! Je dois, comme ce mouton, porter de la clarté !... Je marche, mon pied s'appuie, est-ce que je ne pèse pas comme un homme ? Je suis dans la plaine ! On ne m'entend pas, qu'est-ce qui entend ? Je suis si loin ! J'écoute, et je n'entends pas les oiseaux...

O comme ce beau ciel bleu est triste à mon âme solitaire ! Navrantes splendeurs, beautés pour les larmes, ô fastes désolants. La joie qui chante dans la musique des arbres, et le frisselis des eaux, les éblouissements roulants sur les pelouses, les feuilles qui châtoient et la lumière comme un fleuve, vous m'accablez, vous m'accablez... O ma pauvre âme solitaire, quels tumultes de joie, quels étincellements d'allégresse, les fleurs se balancent en parfumant, et les oiseaux s'élancent vers le ciel... Désespoir ! tout s'écrie de bonheur divinement, et moi je ne puis que gémir ! O moi qui voudrais tellement m'élancer vers le ciel, moi qui voudrais baiser l'azur, hélas ! hélas ! ô douleur ! Pourquoi ce parc est-il si beau, pourquoi ce ciel, pourquoi cette eau, pourquoi, pourquoi mon Dieu ? N'est-ce donc que pour emplir mon âme des immenses désirs, que pour la décevoir, et pour qu'elle pleure ainsi affreusement au spectacle de son impuissance ?...

Mon âme est pleine, mon âme déborde !

Je ne puis pas contenir mon âme...
... Mais elle ne peut pas s'épancher !...

Mon âme ! mon âme ! il faut que mon âme s'exhale...
Qu'elle se perde, éperdue, dans le vent qui s'enfuit...

O mon Dieu répandez mon âme ! Je ne puis pas la garder en moi, je souffre, je souffre, elle ne peut pas demeurer en moi...

Mon Dieu je suis mourant d'amour
Mon Dieu je suis mourant de vie

XIII

... Où aller? Où aller? Où rejoindrai-je la joie?... Flots de lumière envahissez-moi ! éblouissez-moi ! Montagnes, fleuves, feuilles, roses, rires et pleurs, tournez, tournez, affolez-moi!.. Je veux courir, bondir, m'écrouler ! Que les plaines s'élancent, je veux m'anéantir sous le vert des herbes, sous le vert des eaux, sous le vert des ciels...

Où aller? où aller? Prends-moi, laisse-moi, laisse-moi, prends-moi, ruisseau, prends-moi, laisse-moi, balance, balance moi flottant sur tes rides frémissantes, coule, passe à travers moi, coule, coule, efface-moi, fais-moi fondre, absorbemoi, dilues-moi en toi...

Herbes des prairies, ô petites fleurs bleues, petites fleurs roses, courez, jetez-vous sur moi, poussez sur moi, couvrez-moi, plaines qui ondulez, ensevelissez-moi, ondulez lentement comme des vagues jusque dans mon cœur. Herbes des prairies, ô bleus des ciels, que je me noie en vous, que je me perde, possédez-moi !...

Où aller mon Dieu ? O m'enfuir sur les mers ! ô voler sur les eaux ! A la plage où le sable est blond comme une chevelure, et s'enlève dans le vent comme une chevelure qui se répand, détacher le vaisseau qui glisse silencieusement, ou pleure en attendant...

A la plage détacher le vaisseau et m'élancer ! O les vagues ! les vallées, les montagnes ! Comme la lumière m'y coller, rouler sur elles ! Vaisseau ! Vaisseau ! Les mouettes volent et frisent l'eau, l'écume jaillit et roule ! Vaisseau ! Vaisseau ! Le vaisseau court vers l'horizon, le vaisseau court, le vaisseau court, la terre s'éloigne, un petit nuage là bas, un petit nuage à l'horizon, la terre fond, la terre fond, la terre est fondue ! Vaisseau, bondis comme une cavale ! Voici l'eau, voici le ciel, voici le ciel à l'infini. Le vaisseau court. L'air me gonfle comme la voile. Je me couche sur le pont et je regarde au ciel le ciel fuir. Je m'accoude aux bastingages, et je regarde la mer la mer fuir. Le ciel et la mer fuient, et mon beau vaisseau fuit... (O mon Dieu, dans mon enfance, je suis resté sur des plages couché pendant des jours entiers, à regarder le bout de la mer, et à pleurer!)

... Mon vaisseau fuit, mon vaisseau fuit. Jusqu'où s'enfuira-t-il ainsi? Je veux passer ma vie couché sur le bois de ce pont à me sentir filer entre le ciel et l'eau... Je ne sais plus, je ne sais plus où est mon âme! elle doit voguer doucement, elle doit planer, mon Dieu elle s'est échappée! Je veux passer ma vie couché sur le bois de ce pont... Qu'il fait frais, qu'il fait bon! j'entends les eaux qui sonnent tout le long du vaisseau. La voile est tendue, et le vent m'enlève... Je respire, je bois l'air, le ciel est bleu... Mais jusqu'ou vais-je aller ? Mais jusqu'où vais-je aller?...

O mon Dieu, j'ai perdu mon âme ! je suis balancé par les eaux, les mouettes volent, les mâts crient, le vaisseau se penche et fuit...

Quel beau jour ! O lumière sur les eaux ! O comme tout est pâle et comme tout est bleu ! l'eau est claire, l'eau est claire, nous sommes si légers sur l'eau, ne glissons-nous dans le ciel ?... — Mais non ! je vois bien le ciel, il est sur ma tête, et voici l'eau tout autour, les petites vagues, et les éclats d'or, et voilà là-bas jusqu'à l'horizon mon sillon mouvant : y coule et court le soleil !...

Que je suis bien, mon Dieu ! Je ne souffre plus. Comme tout est joli ! Je sens dans mon cœur la fraîcheur de l'air qui courait sur l'eau... Comme le vaisseau fuit. Nous allons faire le tour du monde. Nous sommes au milieu de la mer. Nous sommes partis, partis !...

... Air qui passe, ô d'où viens-tu ?... Air qui passe... O qu'il est doux ! Il vient des Indes ! Il vient des Indes ! Nous allons passer près des Indes !... Fuyons ! Que le vent nous enlève ! passons comme une pensée ! Fuyons ! Fuyons ! N'arrêtons pas... C'est sans doute un pays adorable... Courons, volons, enfuyons-nous !... Ses rivages sont roses comme des joues. O ses plages ! ô les bois tout en fleurs !... Fuyons ! Fuyons !... Voilà les parfums qui traversent les eaux... C'est sans doute un pays adorable... Odeur de Dieu ! quel mal encore plus grand m'y saisirait ?...

Fuir ! Frôlons la mer, élançons-nous ! Vole, vole mon vaisseau, jour et lumière sur les eaux ! Baisse-toi, gémis, fais des bonds... Fuir ! Fuir ! tournons tout autour de la terre...

Fuir !... ne débarquer jamais !... m'anéantir ! me perdre ! dans le son des eaux, dans le vol du vent ! Sur l'océan que le vent me roule !... Fuir ! Fuir !... voler ! voler sans but ! ô devenir enfin le bois de mon vaisseau, le long duquel sonnent les eaux !...

Que je sois emporté ! soulevé ! possédé ! Ne jamais m'arrêter. Ne jamais m'arrêter, pour que je ne sente point renaissante en mon cœur cette bouche toujours qui se tend, toujours qui demande, et cette blessure toujours qui saigne, béante, hagarde, et qu'on ne peut fermer...

FIN

Janvier - Septembre 1897

TABLE

LIVRE SECOND

ACHEVÉ D'IMPRIMER
le vingt-cinq mars mil huit cent quatre vingt dix huit
PAR
L'IMPRIMERIE LA RIVIERRE
POUR LE
MERCURE
DE
FRANCE

www.ingramcontent.com/pod-product-compliance
Ingram Content Group UK Ltd.
Pitfield, Milton Keynes, MK11 3LW, UK
UKHW020348180726
13839UKWH00002B/987